남기고 가는 것들

남기고 가는 것들

1판 1쇄 발행 2024년 10월 18일

저자 김상희

교정 신선미 **편집** 윤혜린 **마케팅·지원** 김혜지

펴낸곳 (주)하움출판사 **펴낸이** 문현광

이메일 haum1000@naver.com **홈페이지** haum.kr
블로그 blog.naver.com/haum1000 **인스타그램** @haum1007

ISBN 979-11-94276-34-0(03180)

좋은 책을 만들겠습니다.
하움출판사는 독자 여러분의 의견에 항상 귀 기울이고 있습니다.
파본은 구입처에서 교환해 드립니다.

남기고 가는 것들

김상희 시·사진집

하움출판사

저자의 辨

내가 인천에 정착한 지 올해로 사십오 년이 되었다. 인생의 반 이상
을 산 그야말로 제2의 고향이다. 지난 오십 년간 인천은 엄청나게 변모
하여 옛 모습은 찾아보기 힘들 정도가 되었다. 이 책에 있는 사진은 모
두 인천에 대한 기록이다.

인간은 생명체로 보자면 보잘것없는 존재에 불과하지만, 창조하고
기록한다는 점에서 특별하다. 나는 병약하게 태어나 숱한 고생을 하며
살아왔고 지금도 그렇게 살고 있다. 어머니의 헌신적 보살핌이 아니었
으면 지금의 나는 존재하지 못했을 것이다. 그러는 과정에서 무언가에
대한 생각이 깊어졌고 또 그렇게 하려고 노력하며 산다.
사물에 대한 관찰과 해석을 통해 새로운 아이디어를 얻고 그것을 만
들어 보는 즐거움이 취미로 굳어져 특허도 서너 개 등록하게 되었지만
정작 이용하는 능력 부족으로 사장되고 말았다. 그 후로 그것을 그만두
었다.

퇴직 후 귀농하여 드문드문 끄적여 놓았던 시와 직장 생활하며 틈틈
히 찍어 놓았던 사진 필름을 뒤적이다 이렇게 서랍에서 묵힐 게 아니라
책을 내 보는 게 어떨까 하는 생각을 하게 되었다.

젊은 시절 셋방살이를 오랫동안 하다 보니 잦은 이사와 좋지 않은 환경 탓에 보관하던 필름이 습기와 먼지에 오염되어 막상 쓸 만한 게 별로 없었다. 그중 일부를 필름 스캐너를 사서 스캔하여 원고로 사용하게 되었다.

「가족」 사진은 내 젊은 시절 아이들이 커 가는 사적 기록이다.

다큐 사진 중 「수인선 협궤열차」는 이미 오래전 폐선된 수인선 철도를 이용하던 사람들 이야기이고, 「부평6동」은 재개발이 이루어지기 전 이곳 주민들의 삶의 애환이며, 「시달리는 나무들」은 등산객들에 의해 훼손되어 가는 계양산을 기록한 것이다.

「인천시립예술단 공연」은 필자가 종합문화예술회관 무대팀장으로 근무 당시 틈틈이 촬영한 것으로, 많은 필름이 분실되고 그중 일부 남은 것에서 추린 것이니 사진이 좋지 않은 점 양해 바란다.

책을 내는 데 아낌없는 지원을 해 준 아내와 딸에게 고마움을 표하며 출판에 힘써 주신 출판사 모든 분들께 감사드리고, 서른여섯 젊은 나이에 내 곁을 떠난 아들에게 이 책을 바친다.

차례

제1장. 시

제2장. 사진

가족

자연의 일부

인천시립예술단 공연 기록

제1장. 시

봄

포포나무의 싹 틈

너의 고향은 북아메리카
4월 초 두 그루의 포포나무를 심었다.
묘목 값에 비해 너무 초라하여
잘 살 수 있으려나 걱정스럽다.

개나리 진달래가 지고
살구꽃 배꽃이 져도 너는
싹틀 기미가 보이지 않는다.

내가 대상포진에 걸려
달포간 집을 비운 사이 싹이 텄을까.
극심한 고통을 이기며 너의 싹 틈을 고대했다.

그러나 몇 차례의 봄비가 내리고
감나무, 대추나무의 이파리도 나왔거늘
너는 꿈쩍 않고 나의 애를 태웠지.

늦은 봄 뻐꾸기 소리가 들려올 때
긴 잠을 배시시 깬 너는
연두색 잎을 축 늘어뜨린 모습부터 이국적이다.

쪼발이나물

다래끼 옆에 끼고
봄볕 흐드러진 산등성이 황토밭
누나와 같이 캐던 봄나물
냉이, 국수댕이, 뽀리뱅이, 쪼발이나물…
아지랑이는 꼬물꼬물 피어오르고

고향 떠난 후 본 적 없는
쪼발이나물
따끔하게 찔렸던 아픔이 잊혀질 듯
무심히 흐른 세월

머리에는 이미 서리 내리고
찾아온 시골집 밭둑에서 조우한
쪼발이나물
아련한 추억이 새롭다.

장화를 털다

오뉴월 땡볕에
겹겹이 껴입고 눈코입 막고
방제 작업이라,

누가 호스라도 잡아주면 수월하건만
이리저리 밭고랑 오가면
속옷부터 젖어 온다.

땀이 눈으로 들어갈 땐
젠장,
눈도 못 뜬다.

분무되는 약대에 무지개 일고
방제복 속은 이미 장마
등줄기엔 도랑이 났다.

낮은 곳으로 임하소서.

한나절 작업으로 滿水된 장화
장화를 털 때
농부는 행복하다.

한 겹씩 벗고 남은 몸뚱아리처럼,

저세상 갈 때에도 이런 기분이어야 하는데…

일기예보

저녁 아홉 시 뉴스 끝 무렵
어김없이
빗나가는 일기예보 시간

소양강 댐 저수율이 30%라느니
50년 만의 대가뭄이라느니
밑천 드러낸 저수지가 부끄럽다

가뭄 때면 등장하는 단골 메뉴
죽어 가는 물고기
갈라진 논바닥
소방차 급수
늙은 농민의 한숨 소리

이번 주말께 비 소식이 있습니다.
믿지도 않는다
와야 온 거지.

인천의 추억 1

내가 인천에 터 잡은 것은 79년 4월
자취방은 GMK 정문 맞은편 길 건너
동양장이란 작은 중국음식점 뒤
채마밭 가운데 허름한 쪽방
일렬횡대로 늘어선 여남은 칸 중 하나
출입문 안쪽에는 연탄아궁이 부뚜막
장마 때면 아궁이는 샘이 된다
미닫이문 하나가 방과 부엌으로 나뉘고
집 앞 예닐곱 발자국 앞에
공사장 거푸집으로 지은 한 칸짜리 재래식 공중변소
아침마다 이곳은 만원이다
신문지는 고급이고 시멘트 가루 풀풀 날리는
포대 종이가 일반적
하루 대부분은 회사에서 보내고
방은 들짐승처럼 잠만 자는 동굴
끼니는 밖에서 해결하니
부엌살림도 필요치 않다
월급날이 다가오면 피둥피둥 살 오른 암퇘지 같은
주인아주머니 치부책 들고 기다린다
방세, 수도세, 전기세를 따로 받는
참, 간 큰 여주인장.

앉은뱅이책상

고등학교 입학시험 발표 다음 날
수건으로 따리 튼 어머니 머리 위에
앉은뱅이책상
서랍이 두 개 붙은 낡은 책상

자취방에서 배 깔고 공부할 나를 위한 것
아픈 머리 감싸 쥐고
타박타박 십 리를 걸어오셨다
흰 코고무신 신고

정성 들여 닦아 놓고서
입학식을 기다리셨지
쌀쌀한 삼월 초 새벽밥 드시고
하루 한 번뿐인 청주행 완행버스
비포장 신작로 세 시간 반 달려
입학식에 겨우 참석하셨지

입학식 끝나고 돌아서는 걱정 가득한
어머니 얼굴
집 떠나 본 적 없는 자식
홀로 두고 가는 그 심정 오죽했을까

내 나이 환갑 지내고
낙향하여 그 시절 생각하니
눈시울 붉어지이다
까맣게 닳았던 앉은뱅이책상도….

살구꽃

이른 봄
종구네 울타리의 늙은 살구나무는
내 유년의 추억이다

나른한 오후
바라보는 살구나무 가지마다
배고픈 졸음이 걸렸다

긴긴 봄날
모두 들로 나간 텅 빈 골목
아지랑이에 허리 굽은 농부들

살구꽃만 환하게
마을을 밝히고
두엄더미 그림자 마당에 기운다

바람도 없던 그날 밤
살며시 떨어진 살구꽃은
아홉 살 풋사랑처럼 내 곁을 떠났지.

봄비

창가에 기대어 봄비 소릴 들으면
싹트는 씨앗의 몸부림에
온몸이 간지럽고

봄비 오는 소리엔
흙 속에 묻혀 지낸 지난겨울 이야기가
귀에 소곤거린다

봄비 오는 소리엔
대지의 이불을 털고
기지개 켜는 소리

차분차분 내리는 봄비에
나무들 눈뜨는 소리가
소란스러운 아침이다.

봄 가뭄

시골 내려와 농사지으며
평생 농부로 사셨던
부모님 마음을 조금은 알겠네.
농사의 반은 하늘이 짓는다는 것도

유독 심한 봄 가뭄
'가뭄에 콩 나듯'이란 의미도 몸소 깨우쳤네
해마다 심해지는 이상기후
농심은 상심되고

밭고랑마다 말라가는 농작물
도랑에 줄어드는 물줄기처럼
몸도 마음도 여위어 가네.

벚꽃

살을 애일 듯한 정월 추위
매운바람이 불면
너의
가슴은 뜨거워진다

백설을 이고
삭풍을 안으로 삭힌 너는
우수 경칩 지나
시샘하는 꽃샘추위

네가 눈뜨던 날
온 누리는 연분홍 나비가 되고
향기 고운 햇살이
동자승 머리에도 빛난다

花 無 十 日 紅

곡우 비에
나비는 지친 날개를 접고
땅으로
땅으로
내려앉는다.

달력 속의 그림

저기는 봄인가 보다
맑은 물이 흐르는 도랑을 따라
야트막한 둔덕에
연초록 풀들과 만발한 노랑 수선화

저기는 봄인가 보다
살랑살랑 바람이 불면
지붕엔 빨간 풍차가 돌고
물을 품어 도랑을 채우네

저기는 봄인가 보다
까치발로도 넘을 것 같은
도랑을 따라
넓은 초록 들판에 분주한 농부들

저기는 봄인가 보다
가물가물 기억도 어두워져 가는
삼십여 년 전 달력 속의 그림이
봄만 되면 떠오르네.

단양에 살어리랏다

내 어깨에 걸친 지난날을
도회에 벗어두고
단양에 살어리랏다

빠끔살이 같은 집과 밭
어릴 적 기르던 토끼는 어젯밤 꿈에
아궁이로 들어가 새끼를 쳤지

지난겨울 추위가 부풀려 놓은 푹신한 밭
펜 대신 쇠스랑 잡고
땅에 약속한다. 이제부터 농부라고

봄볕에 감자와 푸성귀 심고
나무에 거름도 주며
노란 골담초꽃 지면
새하얀 오미자 향기 바람에 흩날리네

연두색 풋풋한 초여름
비라도 오는 날엔 애호박부침개 부쳐
막걸리 한 잔에 지난날 잠재우지

한여름 땡볕이 대지를 달구면

작물도 농부도 애가 타고
퍼줄 물 없을 땐 흐르는 땀조차 아까워라

소슬바람에 오미자는 익어가고
붉은 송이 탐스러워 떨리는 손
온종일 서 있어도 힘든 줄 모르지

상강 찬바람에 무성한 잎 다 떨구고
앙상한 가지 북풍에 나부끼네
존재의 흔들리는 가지 끝에 앉은 새처럼.

農村点景

따가운 오월 햇살 아래
일에 지치면
그늘에 자리 펴고 먹는 새참

이웃 최 씨, 노 씨 불러
사발 가득 막걸리 따르니
오월 푸른 하늘이 잔 속에 있고
몸에서 풀 내음이 난다

간간이 불어오는 산들바람이
이마의 땀 닦아주어
잊었던 흙냄새 슬며시 찾아와
눈감게 하네

흙바닥에 누워 하늘을 보니
이 몸은 흰 구름에 실려
무릉도원을 거닐지

밭일은 해도 해도 끝이 없고
뻐꾸기 소리에
긴긴 해 지는구나.

農心

아침에 일어나면
마른하늘을 본다
선처를 구하는 죄인처럼
답답한 가슴
식물은 저렇게 죽어가는데
나는 고작 도랑에 남은
한 줌 물을 퍼줄 따름
물은 이제
흐르지 않는다
도회의 거리마다 지폐처럼 시들은
가로수 이파리
떨어질 기력도 없이 애처로이
새파란 꿈을 꾼다.

오! 비여.

기다림

갈증이 하늘에 닿는다
땅거죽이 얇은 데는
바랭이도 쇠비름도 말랐다

골짜기의 청량함도
들판의 푸르름도
연이은 오월 가뭄에
斷末摩를 지른다

바삭바삭 검불이 되어가는 농작물
바라보는 농심은
차라리 눈을 감는다

희디흰 이팝나무꽃은
향기 대신 탄내가 난다
아! 대지의 목마름이여.

굴포천

천 볕을 거닐다가
검은 물속에 가라앉은 푸른 하늘
심연을 숨긴 채
흐르듯 안 흐르듯
시간을 삼킨다
사면에 핀 노란 애기똥풀
아카시아꽃은 하얀 향기를 토한다
검은 물에
낚싯대를 드리운 강태공들
무엇을 낚으려나
까만 기다림
바늘에 걸려 바둥대는
부패한 양심
우리가 썩힌 물이
굴포천에 흐른다.

골담초꽃

골담초(骨擔草)
낯익은 이름 때문에
돌담 밑에 자랄 것 같은 식물

나무는 크지 않지만
봄에 피는 노랑 꽃이 귀엽다
꽃망울은 새색시
연두색 버선 같고

꽃이 피면
노랑 햇병아리
꽃 뒤에 숨긴 가시는
은장도라네.

거름 주기

움트기 전 기운 내라고
찬바람 맞으며
거름을 준다

한 줌으로 부족할까 봐
한 줌 더 주는 것은
인정일까 욕심일까?

겉흙을 걷어내고
초등학생 보물 숨기듯
조심스레 되묻는다.

제1장 시.

여름

참깨

에펠탑처럼 자꾸 올라간다
뜨거운 태양 아래
층층이 탑을 쌓으며 올라간다

쉴 때는 꽃을 피우고
꽃이 진 자리에 다시
한 층이 생긴다

탑은 스스로 눈물지으며
침묵의 기도를 한다

탑의 무게가 견딜 수 없이 커졌을 때
햇빛과 바람과 땅의 기운으로
그 응집된 精髓를
쏟아낸다.

인천의 추억 2

인천시 북구 청천동 195번지 김○○ 씨 집
자취방 대문 밖 공터
들마루 위의 술상
술상이라야 장생오가피주에 깡통 마늘쫑이 전부
40도의 술이 목을 태운다

통○ 씨는 집이 싫어 나왔다 하고
나와 영○ 씨는 직장 입사 동기
술잔이 한 순배 돌자
애프터 레코딩
부잣집 통○ 씨는 토씨 하나 틀리지 않는 자랑을 또 한다
아마 형제간 불화가 원인인 듯

한 달 전부터 점심에 매일 오르는 돼지고깃국
넌더리가 났지만 양돈 농가는 오죽할까
한 근에 오백 원도 안 한다니
새끼 밴 돼지를 생매장한다는 후문

기름값은 천정부지로 오르고 쌓여가는 완성차
이젠 자동차회사도 문 닫을 판
술에 취한 진구가 보이지 않는다
또 부뚜막에 앉아 울고 있겠지.

옥수수

겨우내
처마 밑에 달아 두었던
씨 옥수수
따스한 봄볕 받으며
밭둑에 빙 둘러 심으면

먼발치에서 지켜본 꿩이
한 알 먹고
싹트면 뒷산 고라니 내려와
한 알 먹고

자라면서 支柱根 내어
아기 업고 묵묵히
7월의 뜨끈한 태양 아래
여물어 간다

만물은 쪄 먹고
구워도 먹고
칡잎에 찐 풋옥수수 떡의
배리치근한
어머니 손맛이 그립다.

쇠비름

태양 아래
석 달 열흘 말려도

비 오면
고개 드는
너는

머리가
허리가
팔다리가 잘려나가도
잘도 살아나는구나

그래서 네 이름이
長命菜라지.

상추쌈

꽁보리밥에 된장이면 그만
손바닥보다 더 큰 상추에 밥 한술 얹고
거무튀튀한 집된장 듬뿍 올려
볼이 미어지도록 욱여넣어야 제맛

땡추 된장 푹 찍어
한입 베어 물면
콧등에 땀방울 송글
입안은 얼얼 눈물 찔끔

오뉴월 제철인 상추쌈
먹고 나면 스르르 눈 감겨
午睡에 취하지
요즘엔 철이 없으니
어디서 그 맛을 찾으리.

보리밭

羊腸같이 구불구불한
허기진 길을 따라
출렁이는 녹색 비단
볕 좋은 몇 날을 더 보내야
익으려나 보리는
어두운 교실에서
양은 도시락 뚜껑을 열면
까만 꽁보리밥이 기나긴
여름 내내
따가운 햇볕처럼 질겼다
내 고향 산골은
논이 귀해 밭에 보리를 심었지
오뉴월 긴긴날
밭둑길을 걸으며 어머니는
통통히 영글어가는 이삭을
그윽이 바라보셨어
이마의 짙은 땀과
까래기 범벅되는 타작마당
누가 기억하랴만
작년 그러께 같은 그 시절을
보리밭에 오면
허전해 오는 이 가슴
붉어지는 눈시울.

밥술

쉰 보리밥 한 덩이도 버리기 아까운 시절
누룩에 잘박하게 물 섞어
온기 도는 부뚜막 위에
하룻밤 재우면
어머니 속처럼 부글부글 끓지

발효되어 삭은 밥에 사카린으로
단맛 내어 퍼먹으면
배고픔은 달아나고
눈은 게슴츠레 가슴은 두근두근

누나가 해주었던
그 밥술이 맛있었던 것은
보릿고개
허기진 세월의 산물만은 아니리.

떠남을 위하여

나의 목에 매여진
끈을 풀고
나는 떠난다
넓은 들판을 향해

32년 7개월
새겨진 주름을 어루만지며
자랑스럽게 또는
바보같이
나는 운다

지난 일은 모두 잊자
나로 인해 가시에 찔리운 상처에서
가시를 뽑고
뽑은 가시는 흙 속에 묻자

세월이 납덩이처럼 무겁게
내 발목을 잡고
그루터기에 채일지라도
남은 한길을 위해 걷자

한 치 앞도 보이지 않는

안개 속 들판으로
더듬거리며
나는 떠난다

동료들이여!
내 앞길을 축복해 다오
그리고 그날이 올 때까지
잘들 지내시게.

痕迹

마른 鋪道 위에 고착된
너의 마지막 시간
생을 마감하는 고통을 느낄 새도 없이
너는 그렇게 죽었다.

동료와 즐겁게 지저귀며
이곳저곳을 날아다니고
행복한 자유를 누렸겠지만
너의 지난 시간은 이제
박제된 흔적으로 남았다.

앙증맞은 부리도
갸웃거리던 머리와 초롱초롱한 눈
포롱포롱 날던 작은 날개
가시처럼 야무진 발톱도
빗물에 시나브로 씻겨가겠지.

너는 애초에 생각을 바꿔야 했어.
인간은 믿을 수 없는 동물이야.
그들은 변덕쟁이거든
참새구이가 안 된 것만도 다행이지
죽기는 매한가지지만.

海霧

맑은 날
일 년에 한두 번
바다와 지상의 온도 차로
밀물이 밀려오듯
해무가 깔린다.

바다와 지상의 모든 물상을
하나로 만드는 마술
회색의 세계는 混沌하다.
태초에도 이랬을까?

해풍을 따라 꿈틀거리며 살아 움직이는
거대한 생명체
비로 쓸듯 천-천히 움직인다.
600ft 저공비행에서 조망하는 경이로운 모습.

회색의 생명체는 시화호를 휘돌아
멀리 송도의 고층 빌딩을
꿈꾸듯 조용히 삼키고 있다.

나의 꿈

내 저고리 안쪽 깊숙한 곳에는
나의 내력이 있습니다.
하나하나 준비한 열 장의 이력 카드

70년대 초 고등학교 시절
취업을 위해 얼굴이 벗겨지고,
토끼 눈이 되면서 얻은 첫 자격증.

살다 보니 필요한 게 자꾸 생깁디다.

삶을 위해 필요했던 여섯 개
좀 철 지난 양복 같은 것 세 개
아홉 살 꿈을 위한 하나가 그것입니다.

지난 40여 년 직장 생활
가끔은 철 지난 양복도 쓸모가 있더군요.
하지만 남겨둔 하나는
오롯이 나의 몫입니다.

내가 병으로 사경을 헤매고
정신이 돌아왔을 때 몸은 남이 되었습니다.
새끼손가락 하나 움직일 수 없는데

나는 밤마다 조종사 되어 창공을 날았지요.
절망과 희망은 이웃처럼 가깝습니다.

순수한 영혼이 품었던 꿈이 있었기에
몸은 점차 회복되고
나는 이제 경량 항공기 조종사 되어
시화호 푸른 창공을 향해 비상합니다.

HL-C000 take off!

제1장 시.

가을

인천의 추억 4

세 량짜리 객차를 달고
인천에서 수원까지 하루 세 번
송도, 남동, 고잔, 월곶… 수원
염전을 지날 때면 소금 창고 閱兵도 받고
소래철교 건널 때는
물에 빠질세라 뒤뚱뒤뚱 오금이 저리다

새우젓, 바지락 함지도 싣고
참깨, 고추, 콩 자루도 싣고
갯마을 아주머니 아저씨 학생도 태우고
비릿 찝찔한 갯 냄새는 덤으로 실렸지
염전에 떠 있는 구름 사이로
요리조리 잘도 간다

덜컹하면 앞사람 무릎이 맞닿고
우락부락 키 큰 사내도 얌전히 고개 숙이지
건널목 지나갈 땐 소달구지에 양보도 하고
언덕을 넘을 때는 힘에 부쳐
쌔-액 쌔-액 밭은 숨 몰아쉬던
수인선 협궤열차여!

인동꽃

산책하다 문득
코끝을 스치는 낯익은 향기
사방을 둘러봐도
꽃은 뵈지 않는다

찬찬히 살펴보니
풀숲에 하얀 인동꽃 몇 송이
처서 지낸 바람 타고
내 곁으로 왔다

이 여름의 마지막 날이
아쉬운 듯
가만히 가만히.

삼치골목

동인천역 맞은편

자유공원 아래

좁은 골목 대폿집들

어느 집이랄 것도 없이

고만고만한

낮은 처마 안에서

와자지껄

술잔 기울이는 소리

골목에는

비릿한 삼치 굽는 냄새

저녁놀처럼 번지고

삶의 애환이 밀물 되어 몰려올 때

한 잔의 대포는 전율이 되고

숭덩숭덩 땡추와 양파를 썰어 넣은 초간장

얼큰 알싸함을 느끼는 미각의 고통

누구든 이곳에 오면

술잔 앞에 평등하고

말은 진리가 되고

생각은 시를 썼지

지금도 마음이 허전할 땐

가끔 생각나는 곳

그 소탈한 분위기가 그리웁다.

廉恥

세월이 갈수록 자꾸
얼굴이 두꺼워진다
늙은 거미처럼

짧은 봄밤
잠 못 드는 건
소쩍새 울음 탓은 아닐 거야
늙어 가면서 닳아지는 것은
지문만은 아니지

잔잔한 호수에
미물이 파문을 만들 듯
여리던 마음도
시간의 증발접시 위에서
사라져 간다
잔류물만 남기고.

달빛

이제 막 지은
김이 모락모락 날 것 같은 내 작은 시골집
그 집에 누워 추석 달을 본다

아직 커튼도 달지 않은 창으로
푸른 보름 달빛이
폭포처럼 쏟아진다

난방도 되지 않는
방바닥에 누워 있어도
마음만은 따뜻한 아랫목이다

눈을 감아도 잠은 오질 않고
오십 후반의
지난 세월을 뒤척인다

솜사탕처럼 피로가 몰려와
잠시 꿈을 꾼다
죽은 사르트르가 나를 깨운다.

내 곁에 없다는 것

항상 같이 지내다 어느 날
갑자기
곁을 떠났을 때의
허망함이란!

함께 지낸 서른여섯 해
가슴에 묻고 말았다

아무렇지 않은 듯 문 열고
들어올 것 같아
오늘도 기다린다

지현아!

가만히 불러도 본다.

감

나는 노란 가을을 깎는다
사각사각 외로운
가을의 소리

알몸이 된 감은
주렁주렁
실에 매달려 양지에서 몸을 말린다

따스한 햇살은 알몸을 어루만지다
불어오는 바람에
흠칫 놀라
서산에 숨는다.

가을

가을은 마이다스의 손
그 손이 들판을 스치면
식물들은 황금으로 변한다

가을바람은
나무 끝에 앉은 새처럼
파고들 둥지를 찾는다
둥지를 튼 가슴은 열병을 앓고
앓다가 지치면 졸린 기린처럼
사색에 빠진다

첫눈이 내릴 즈음
짝 잃은 새는 둥지를 나와
레테의 강을 건널 것이다.

인천의 추억 5

꽤 오래전 얘긴데

하늘 푸른 가을 어느 날

천 원씩 주고 자전거를 빌려 타고

허리춤엔 쐬주 한 병 달고

망둥이 낚시를 떠났지

청천동에서 아나지고개 넘고 가정오거리 지나

참나무 숲 우거진 백석고개 넘어

다다른 백석염전

말이 田이지 畓이다

민물고기밖에 못 본 산골 촌놈에게

망둥이는 꾸구리처럼 보였다

짠물에 사는 것만 빼면 그놈이 그놈이다

아무리 멍청해도 우리에게 낚일 놈은 아니지

토박이들에게 얼마나 단련되었겠나

한나절 씨름해서 잡은 한 마리

안주가 될까

쐬주는 동나고 시큼한 고추장 맛만 입안에 돈다.

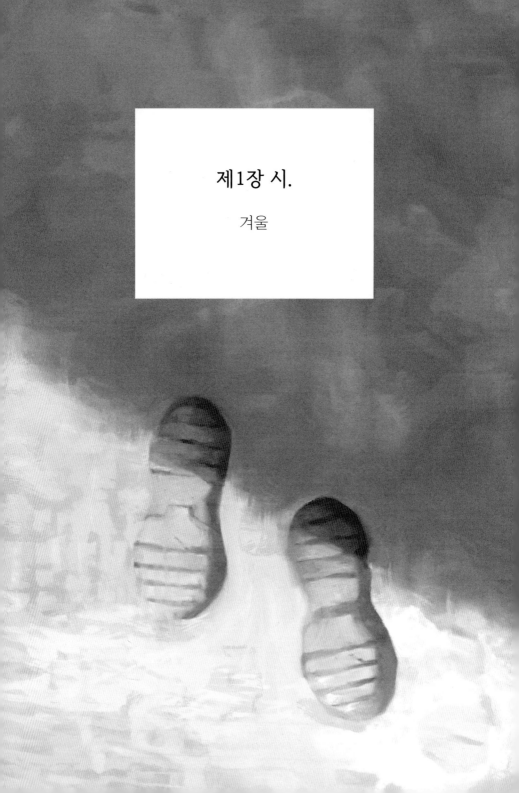

제1장 시.

겨울

홍시

小雪 지난
새초롬한 겨울 하늘에 붉은 별들이
무수히 박혀 있다

어떤 가지에 콩새가 앉아
별을 콕콕 쫀다
별이 피를 흘리면
새는 더욱 세차게 입질을 한다

별지기 노인이 장대로 별을 딴다
장대 끝에 별 하나가
대롱대롱 매달려 바닥으로 내려진다

떨어진 별들은 광주리에 차곡차곡
쌓이고
별이 진 잿빛 하늘에
눈발이 날린다.

해동 비

얼크러진 세상 같은
묵은 오미자 덩굴
말끔히 걷어내고
새싹을 받아야지

찌푸린 하늘에서
비가 내린다

물러갈 때도 되었지!
벌써 이월 말인걸
화장실 물까지 얼렸던 추위

양지쪽 나무에선 어느새
제비부리 같은
꽃눈이 자랐다.

청국장

늦가을 찬바람 불면
생각나는 음식
시골집 질화로 위 뚝배기에
보글보글 끓던 청국장
구수한 맛보다
짝꿍의 찌푸린 얼굴이 싫어
먹지 못했네
갈라진 바람벽에까지 스민
꾸리꾸리 야릇한 그 냄새는
몇 날이 지나도 가시지 않았지
찢어진 벽지 틈에서 새어 나온
꼬불꼬불 흙담 같은
그 냄새가
정녕 그리워진다.

인천의 추억 3

어느 겨울 야간대학 다닐 때
송림 시장 못미처 골목 모퉁이
허름한 밴댕이구이 집

푸르스름한 불꽃을 날름거리는 연탄불 화덕을 끼고 앉아
청춘의 논쟁은 가열되고
밴댕이 타는 연기 자욱한 그곳에서
우리들 미래는 보이지 않았다

빈속 가득 술이 찰 때 느껴오는 한기
화덕을 껴안듯 다가앉아도
오르지 않는 온기
반쯤 잠긴 친구의 목소리가 허공에 떠돌 때

그 집을 나와 한없이 걸었다.
버스도 끊긴 어두운 밤길을
밴댕이 냄새
허공에 날리며.

아버지의 지게

주인 잃은 지게가 저기 서 있다.

봄이면 비탈밭에 거름 나르고
여름 소낙비 맞으며 꼴을 베며
가을엔 추수한 오곡을 져 날랐던 지게

주인의 어깨와 등허리에 박인 굳은살
장딴지와 허벅지에 굵은 핏줄을 꿈틀거리게 했던
그 지게

겨울에라도 좀 쉬셔야 했건만
칼바람 부는 날도
땔감 구하러 온 산을 헤매셨지

기름기 없어 쩍쩍 갈라진 손마디에
무명 헝겊 동여매시고
또 일하러 나가셨다

겨울 해가 뉘엿뉘엿할 때면
사립문에 들어서는 집채만 한 나뭇짐
오늘도 얼마나 힘드셨을까
부모 잃고 다섯 살부터 지게와 함께 사셨다는 아버지

환갑 지난 어느 초겨울
한마디 말씀도 못 하신 채
홀연히 떠나셨다

낡은 지게만 남기고.

母情

엄마가 내어 준
당신의 젖가슴
빨고 또 빨아
시든 박처럼 쭈그러든
젖무덤
그래도 배고플세라
눈 못 감는
마음.

냉이

민들레, 꽃다지, 달맞이꽃…
로제트 식물이 다 그렇듯
눈 속 언 땅에
오종종한 잎들이
납작 엎드려 삭풍을 피하네

나무 위의 새들도
집을 찾아 떠났지만
나는 갈 수가 없어
여기가 내 터전인걸

추울수록 뿌리 깊게 내리고
얼음 속 양분으로
忍冬의 석 달을
견뎌야 하지

봄을 재촉하는 해동 비 그치면
닭 어리 속 병아리처럼
밖이 그리운 젊은 처자들
들로 나와 대바구니 가득
봄을 전하네.

제2장. 사진

가족

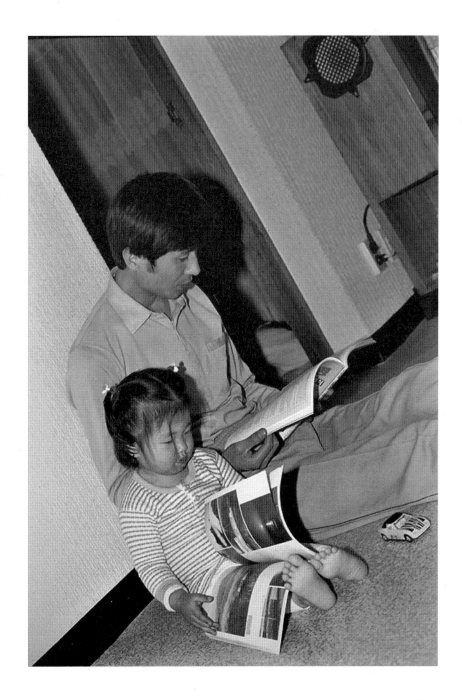

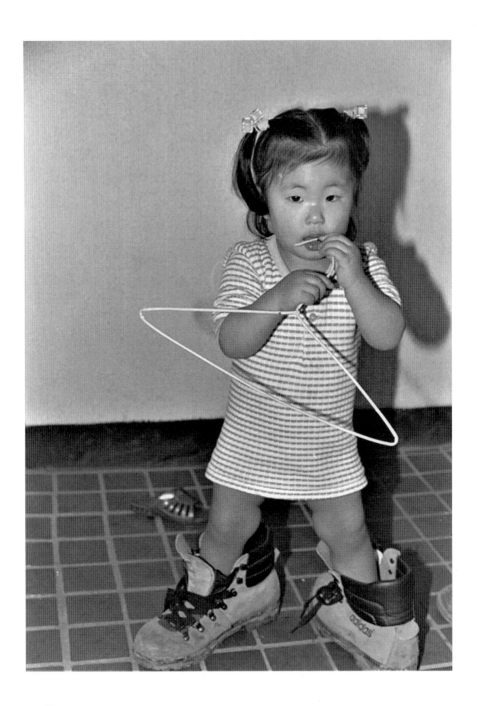

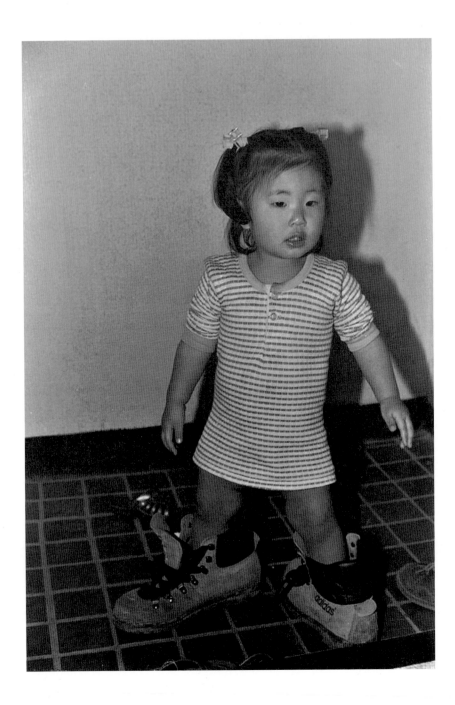

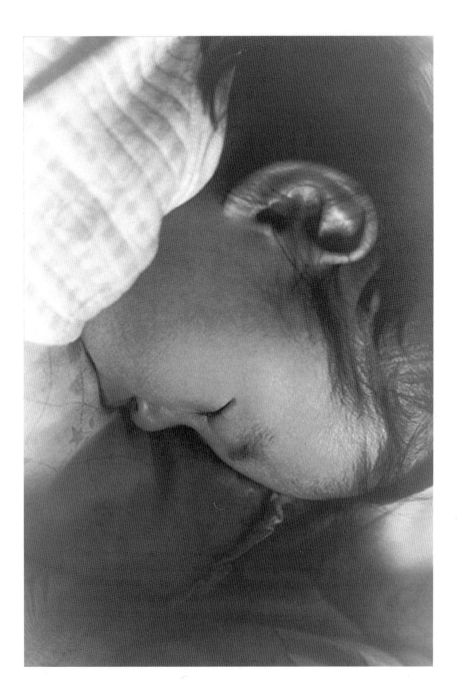

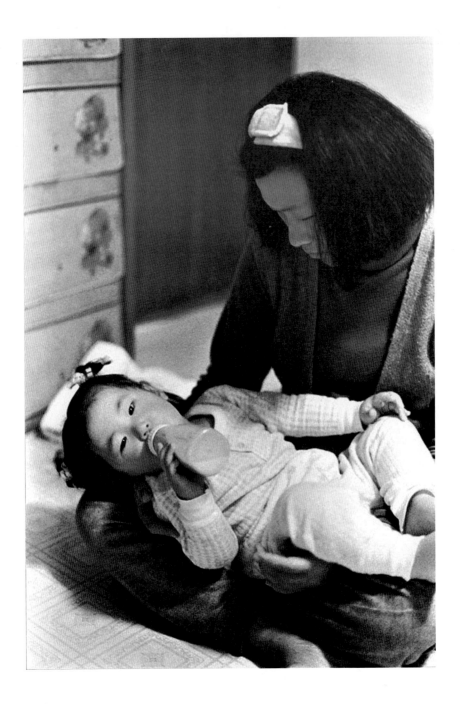

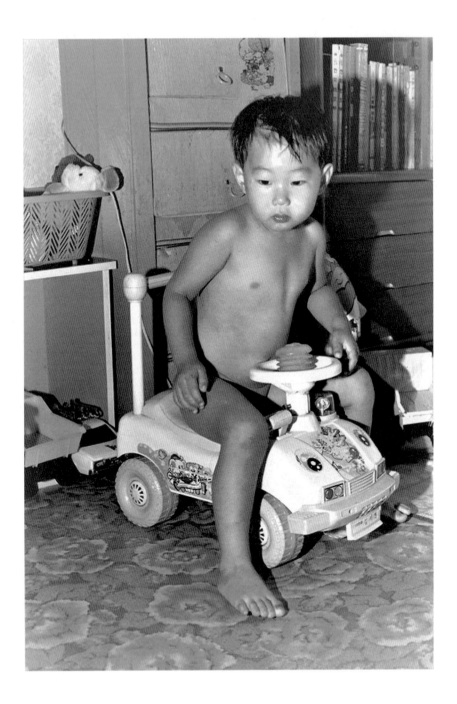

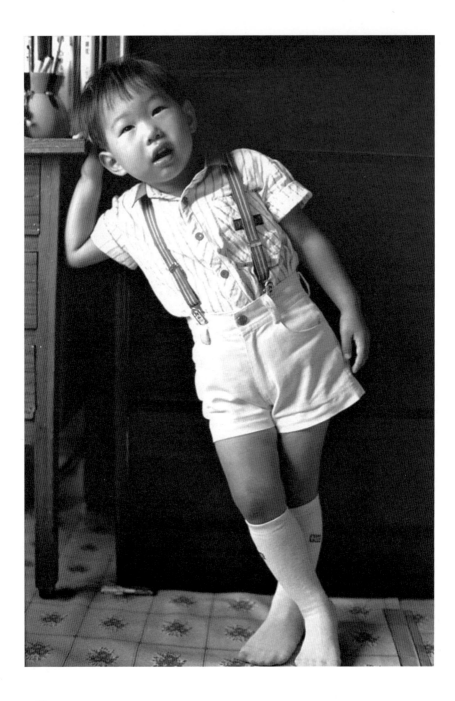

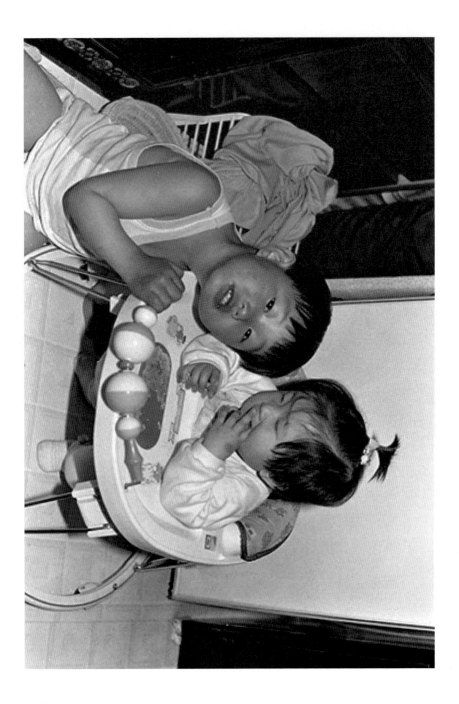

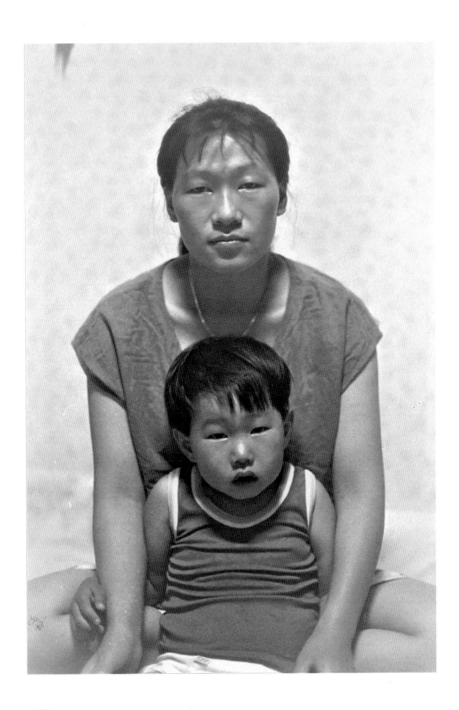

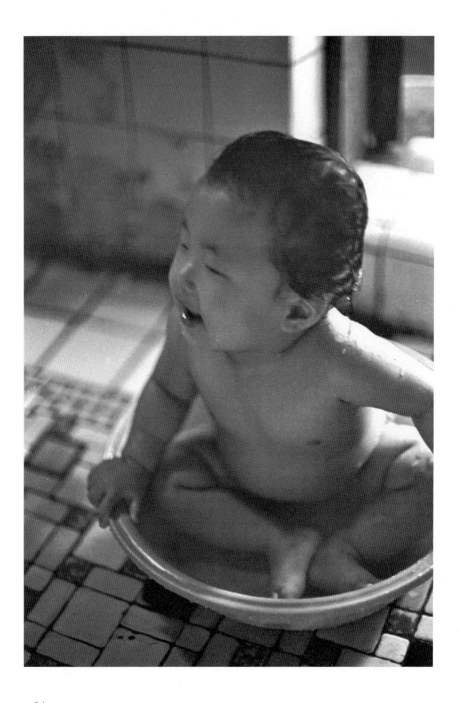

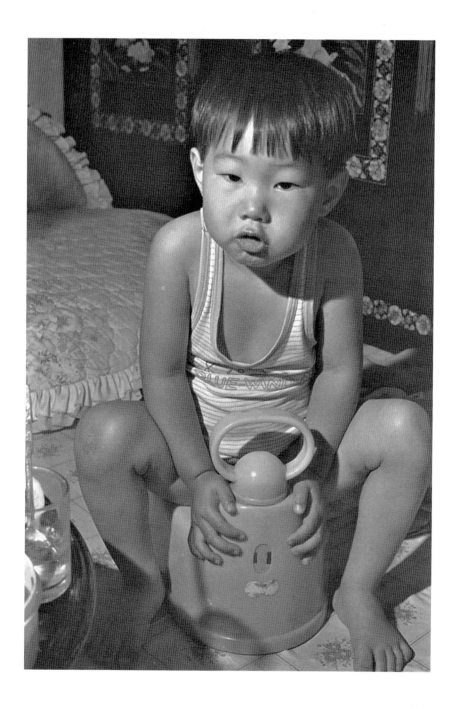

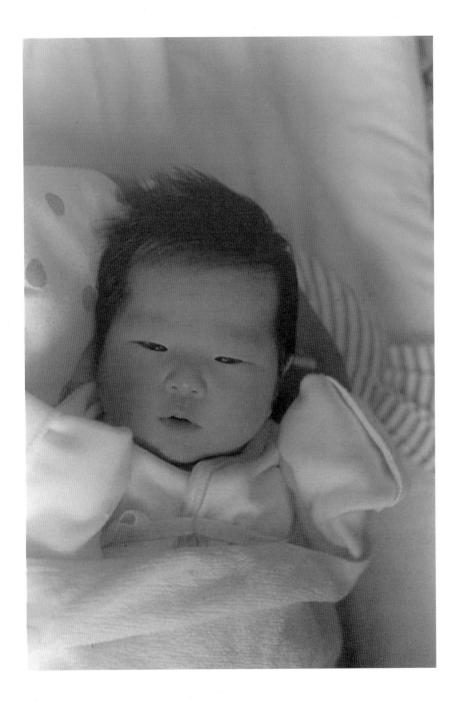

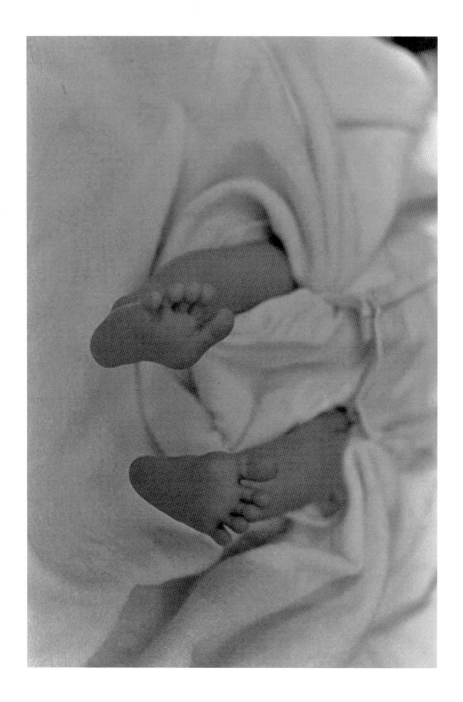

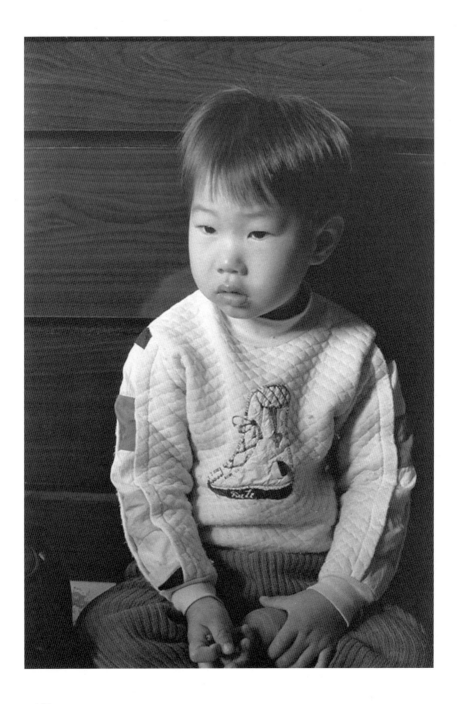

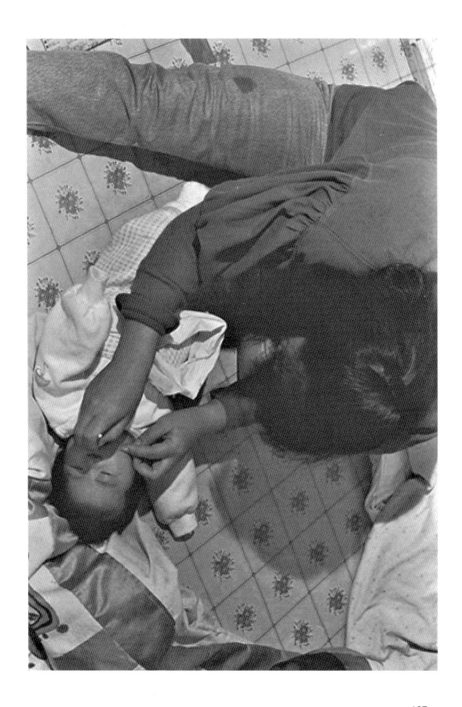

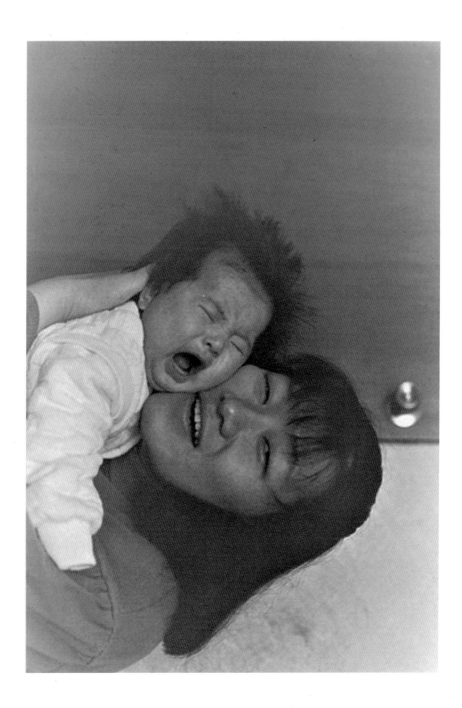

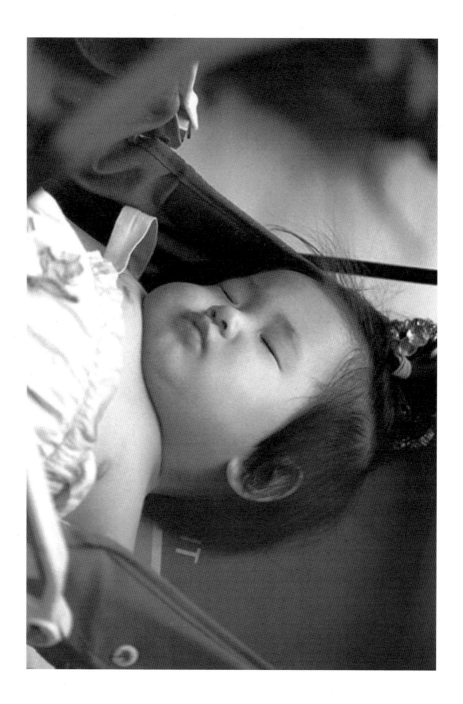

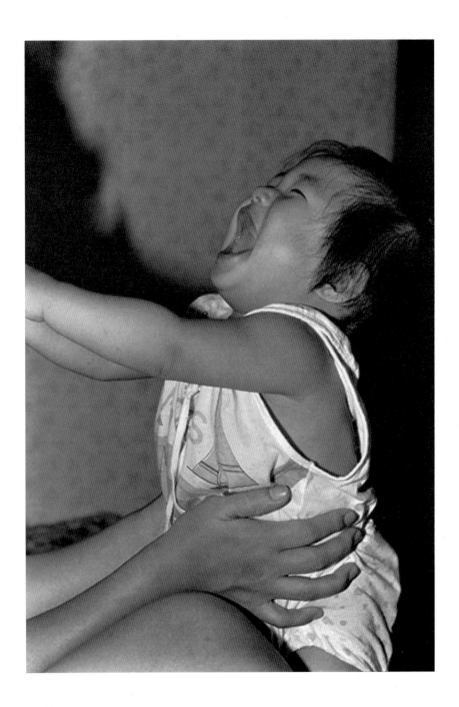

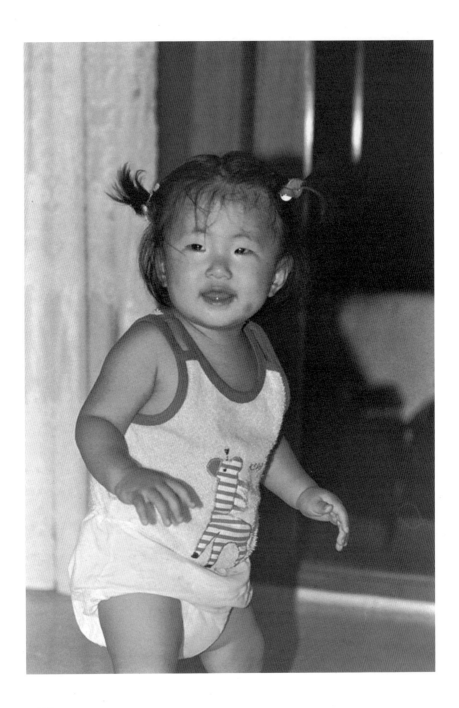

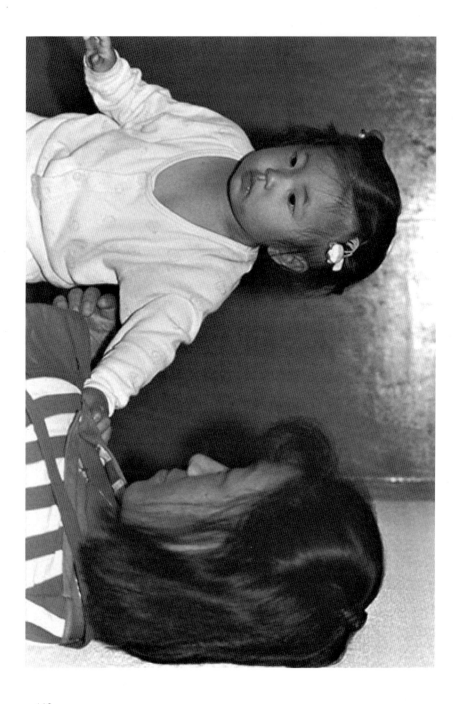

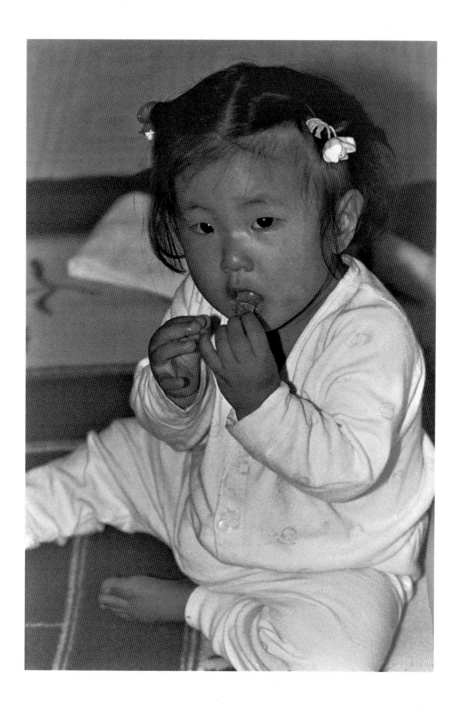

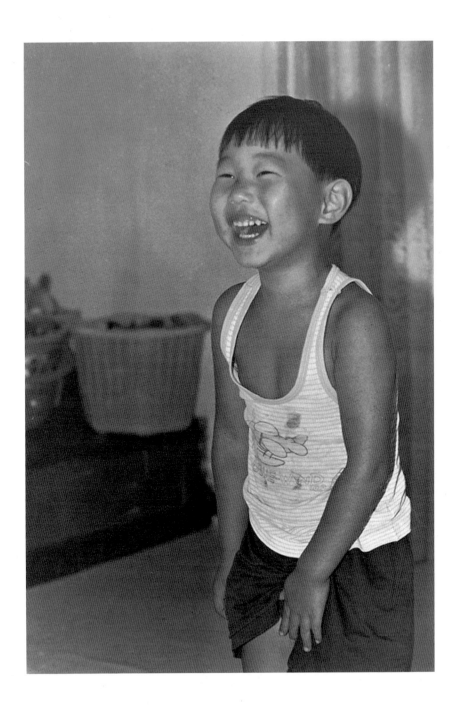

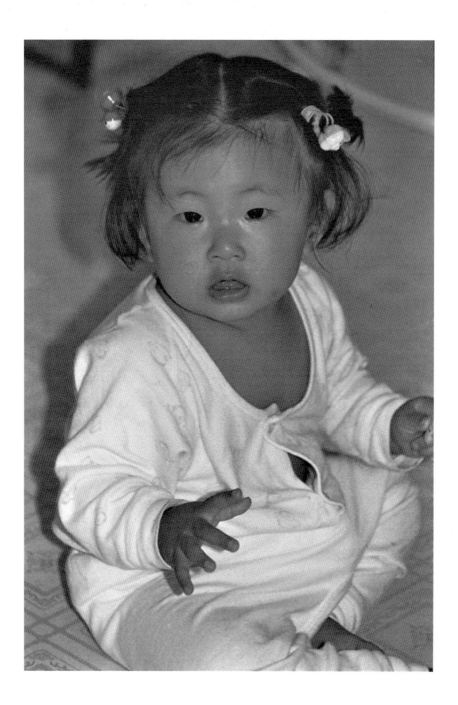

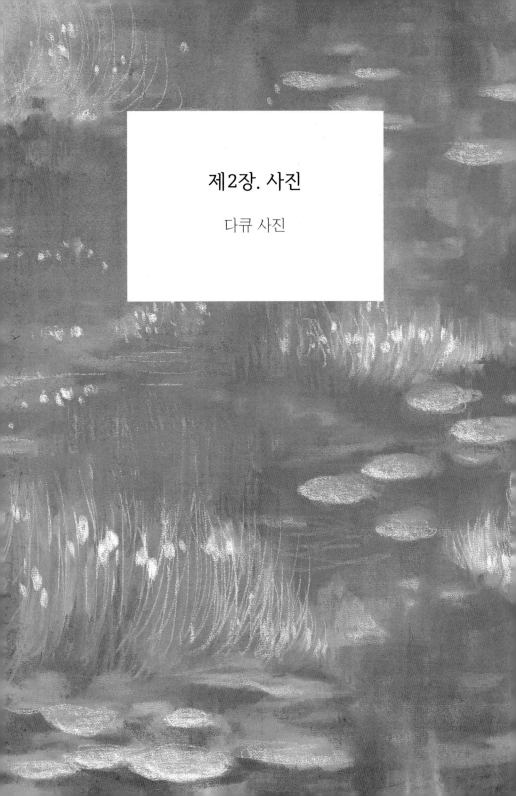

제2장. 사진

다큐 사진

수인선 협궤열차

135

135

154

162

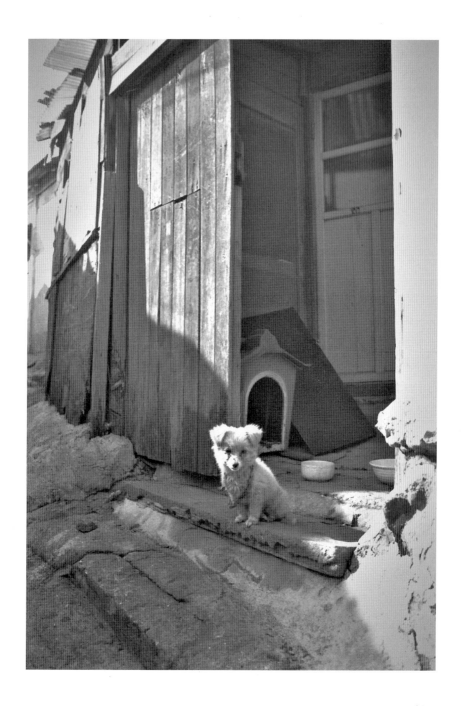

184

186

195

시달리는 나무들

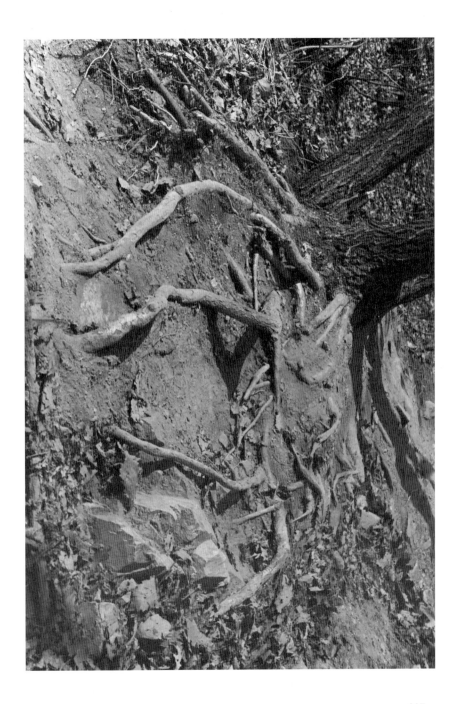

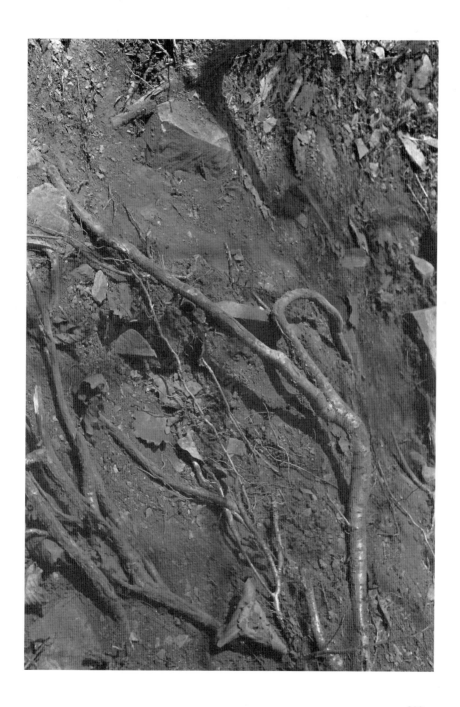

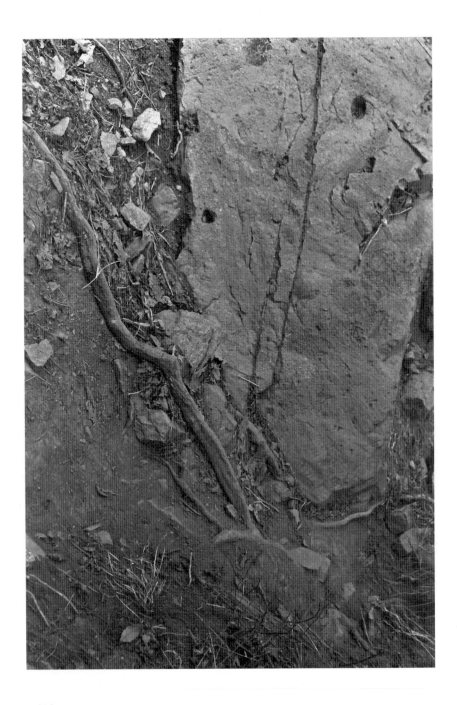

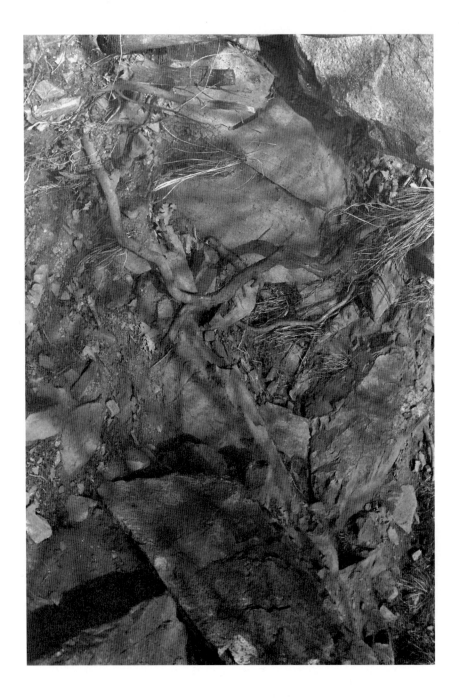

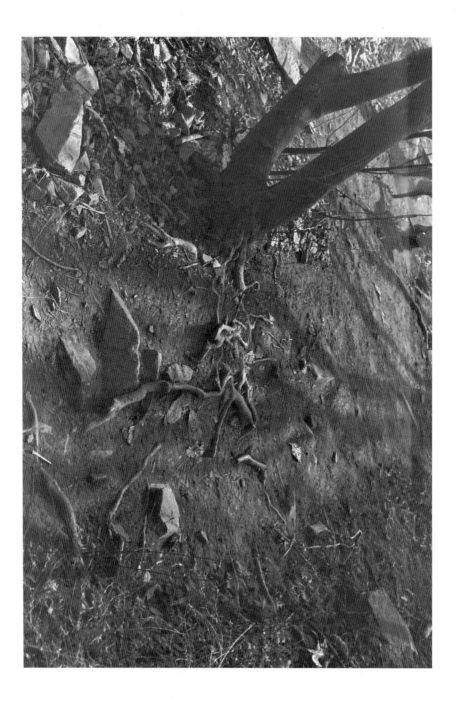

제2장 사진.

자연의 일부

제2장. 사진

인천시립예술단 공연 기록

259

260

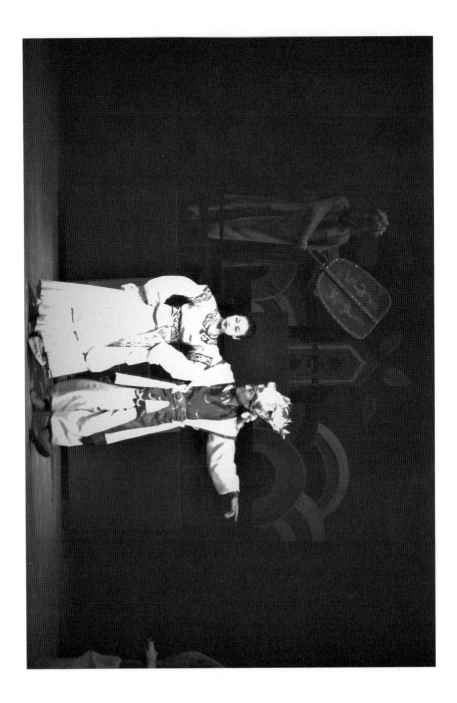

272

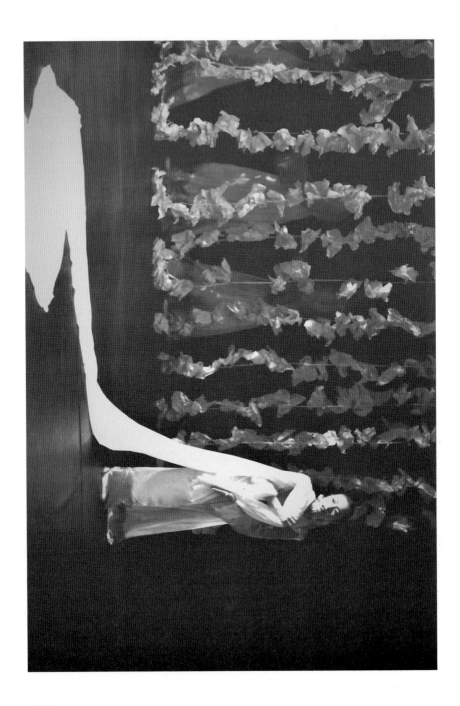

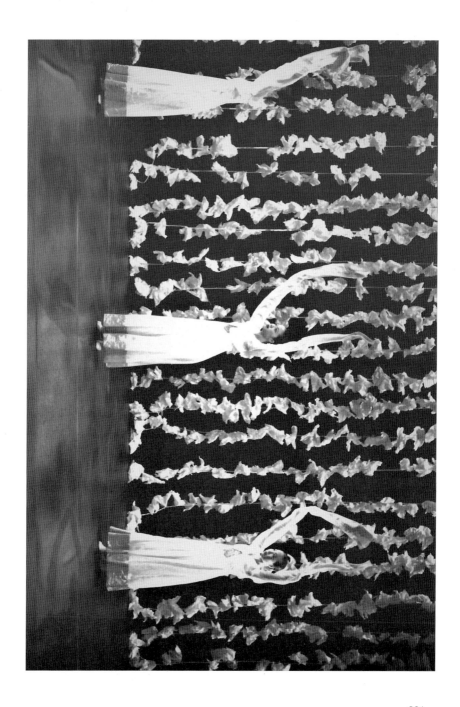

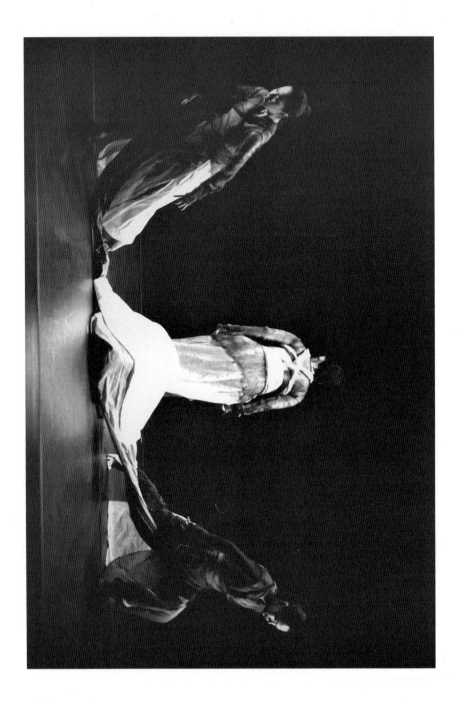

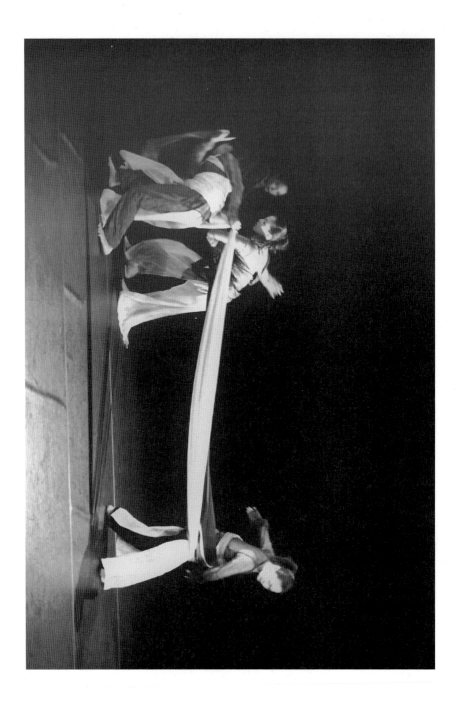

298